すべての詩人たちに問う

「ところで君達は、人類が亡びて後、
詩が存在したと言いきれるかね」

桑原啓善著「宮沢賢治の霊の世界」181ページ
「詩人は予言者か――ネオ・シュルレアリスムについて」章 参照

地球未来の予言書

詩集「アオミサスロキシン」抄

桑原啓善　作

（只今より、地球未来の予言書、詩集「**アオミサスロキシン**」桑原啓善作の朗読を始めます。）

［ナレーション］

アオミサスロキシン、それはある花の名です。もしこの花が地上に咲けば、地球は神の国パラダイスに変わります。え？　本当？　この謎解きは最後に致します。（それより先ず）、この詩集は20篇の詩から成っています。ところが、その全部が蛙の詩です。なぜ？　実は、蛙はこの地球上ではいわば予言者、先導者の役目を担っています。これは生物学上の事実です。（ちょっと読んでみます）。

蛙のお話

四億五〇〇〇万年の昔、水の中から蛙が、地球の陸地に姿を見せました。まだ虫もいない、鳥もいない、どんな動物たちもいないないノッペラボーの地球の陸地。水辺にコケが生え、シダの葉がチラホラ。このシダが木になり、やがて森になって酸素がつくられ、新しい地球が生まれるそうな。

物見の蛙が一匹、二匹、三匹、ケロロン、ケロロンと鳴きました。皆上がっておいでよ、いい眺めだぞーと。

こうして地球の陸地は、先ず蛙など両棲類の時代、それから爬虫類の時代、恐龍の時代、哺乳類の時代、とうとうお猿さんチンパンジーからヒトの時代になって、今日のようにスッカリ栄えました。

［ナレーション］

物見の蛙さん、ご苦労さん。

ところが、ところがです。この蛙が四億五〇〇〇万年ぶりに、もう一度ケロロン、ケロロンとまた鳴きました。それは今から三十年近く前のことです。私はあわててその蛙の声を書きとめました。その声がこの20篇の蛙の詩です。まさか？　そうです、蛙が人間の言葉で鳴く筈ありませんからね。しかし、私は確かにこの詩に書いてある通りに、蛙の声を聞きとったのです。それは紛れも無い事実です。実は私の詩の書き方はチョッと変わっているんです。（ゴメンナサイ、ちょっと読んでみます）。

著者の声

これから読みます警告詩集は、確かに私が書いたものですが、私が書いたという実感が殆どありません。私の詩の書き方は、不意に吹いてくる風を、言葉で書き止めるという書き方なのです。

この警告詩集も、天空から、何かがしるしのように洩れました。私はいそいでそれを召使のように書きとめました。手紙を書く速さでキャッチするので、一言一句修正はありません。

私は卑しい召使にすぎません。これは天空でひびいた何かのひびきです。もしくは誰かが、不用意に天空で洩らした言葉を、私が拾ったものです。

詩は二十篇の蛙の詩です。初めの七篇は三十年近く前に書きました。残りの十三篇はその十年後に書きました。書いたとき、何の事だか私には分かりませんでした。今にして思うと、地球にこれから終末という恐ろしい時代が始まるんだよという前ぶれでした。

［ナレーション］

そうです。これは誰かが蛙の声で伝えてくれた警告詩集です。それに、四億五〇〇〇万年ぶりに蛙がもう一度ケロリンと鳴いたということは、これから地球に何かきっと異変が起きるという前兆です。何の異変か？　昨年3・11東日本大震災が起きましたね。あれは、地球大変革の先駆けではないでしょうか。いいえ、人類への大警告です。（この）福島県には、人が創った毒・放射線がバラまかれました。このまま放置したら、やがては地球全体がこの毒で犯されましょう。それは地球人類の死、そうです、ですから蛙が20篇の詩で私達へ30年前から警告を発していました。警告詩集Ⅱ「アオミサスロキシン」。

今日は時間の都合で、20篇の詩のうち、7篇だけ読み、私が少しばかり注釈と、私の感想をつけ加えてみたいと思います。では始めます。

先ず最初の詩「**アオミサスロキシン**」。

アオミサスロキシンという素敵な花があるらしいのです。物見の蛙がその花の傍で鳴いてみせます。その声は美しい。でも、蛙は浮世（この世）の月を見て、淋しげにうなだれている。………なぜでしょう？

詩朗読

1　アオミサスロキシン

青い背がまぶしく光る
とのさまがえる
青い声で今日は沼のほとり
アオミサスロキシンの花蔭で
鳴いてみせる
ケロ　ケロン　と
声は月の光の色に濡れて
つややかにとどく
月よりもとおい　こっち
青みトロキシンのほとり
とのさまがえるが一匹

浮世の月を見て
さみしげに背中を丸めている

［ナレーション］

地球が今腐っているんです。人が死んでも、他人は知らん顔、笑い話にするくらい。皆は死を軽く考えている、(だから戦争などが起こる)。だから蛙千匹死んだ。(つまり人々が沢山死ぬ、戦争で、疫病で、核戦争で、原子力発電の毒で)。さあ――、地球はいよいよどうなる？

詩朗読　2　蛙のいき

一匹の蛙が死んだ

千匹のかえるが笑っている
　ケケ　ケケ　ケケ
笑いころげた千匹のかえるが
死んだ
それから　お話はとてもながーい
　冬の夜をかけて説く
とけない謎がこの世の中には多すぎて
蛙どもはぞろ　ぞろ
歩き疲れている
　青ーい蛙　黄みがかったかえる
　ケロ　ケロ　ケロ……と
多くのかえるたちは泣き疲れている

もうすぐ地球がダメになるそうな
もういつまでも青いままではおれないと
怖れをたくさん抱(だ)いている
　フクロの中のかえるの卵たち
死んで生まれるそうな
ケロ　ケロ……ケロケロケロケロ
ああ　人の息がくさい
ドリアンが割れて臭ってくる
夏のあの暑熱の中で
　くさい　くさーい　息が
地球の割れかかった節目から
地球の芯まで　とどく

その時を蛙だけがもう恐れている

［ナレーション］

何の解決策も無いままの地球人類世界に、ラッパが鳴る。あれは世の終わりを知らせる、七人の天使が吹くという、有名な『ヨハネ黙示録（もくしろく）』の終末のラッパか。（このラッパが鳴ると地球大崩壊が起こる）。でも………地球美人花という花、（地球を美しくよみ返らせる花）があるらしい。物見の蛙にはそれが見えるらしい。それはどこにあるのか。見たい、欲しい、早く早く。

詩朗読 3　地球美人花

きこえない筈のラッパ（注）までが

聞こえてきている
走っていけば間に合うかもしれない
あのはずれ
地球から土星（サターン）までの渡し板
　揺れる
青い月　一つ
　かかる
真っ赤に燃えて見えるのは
僕らが捨てた愛の残骸たち
二十一世紀を呼んでいる　蛙の子ら
生まれたばかりのつるつるの肌して
アオミサスロキシンの花蔭で

匂いだけでまだ人がだまされるが
きまりわるげに蛙だけには見えている
ぼーと明るい地球美人花という花

（注）「ヨハネ黙示録」の七人の天使が吹くといわれる終末を告げるラッパ。

［ナレーション］

まだ、ボーと明るくしか見えていない地球美人花。でも欲しい、早く。

だが、欲しいだけでは地球美人花は生えてきません。アオミサスロキシン、この花は見えてきません。私達人類が自分の手で、腐った地球を新しくしよう、改善しようとしない限り。でも不感性でノホホンの人類は、まだ気付かず、金儲けや快楽や戦争ごっこにうつつを抜かしています。世の終わりの大破壊は、ある日不意に突然に起こります。

詩朗読

4　雷（らい・カミナリ）

四角い顔
ゲタ顔
丸い顔
おまんじゅ顔
どの顔も色とりどり
蛙が三匹ハネている
お天気　晴れ
明日も晴れ
そんなとき　一発雷（らい）が落ちる
人間の心臓の真ん中に穴が開（あ）く
血という生命原素が宇宙へほとばしり

人類がコトきれる

［ナレーション］

人類がコトきれる。（戦争で、原発事故で、地震・津波・噴火等々で）、これら大破壊で多くの人々が死にます。それだけではありません。人類は1／3の人しか残りません。なぜ？　なぜ1／3？　その1／3とはどういう人達だろう。

詩朗読　5　アオミサスロキシン　2（ツー）

蛙三びきで死ぬ。
天と地が合わさってきて
呼吸できない者たちが殖える。

三時間しかもう待っておれない。
人は人たがいに袖を引き
蛙どうしも肩を肩にすり寄せて
　ケケケケケヽヽヽヽ　までしか言えなくなる。
青い空に日が一つあったのは昨日のこと
今日は三つ、太陽の外（ほか）に
赤い巨大な星と　白銀（はくぎん）の小さ目の光星（ほし）
（三つが出る）
暗いゆすられる空間に
馴れない目をこすって何かを見ようとする
三つの中の一つを選んだ者だけが残される
宇宙にはせんたくのゲームが最後に残される

神がもしおいでになるなら
天の上から涙を落とされる
消される者一つ——赤い星
消えてまた出る者——白銀(はくぎん)の星
太陽と共に生き残り太陽を新しくする者
三分の一の人が残る
今まで天日(てんじつ)を仰ぎ見る回数の少なかった者たちは
最後のゲームで振り落とされる。
蛙は三匹だけになる。
あれは学校を抜け出て
ていさつに出た物見のかえるだ
ケケ、ケケ、ケゝゝゝ

アオミサスロキシンの花が
咲いている知らせを
地球にとどけ出たいのち知らずだ
蕗の葉を肩にさしかけて
　「あっち」と
こっちから一番とおいこっちを
さし招く。

［ナレーション］
　どうやら天体に変化が起こるらしい。太陽の外に、赤い巨大な星と、少し小さめの白銀の星、三つが出る。人はこの三つの中の一つを選ぶ。一つ、赤い星、これを選べば肉体と魂が宇宙から消滅させられる。二つ、白銀の星、これを選べば肉体は死に、魂が冷

く淋しいどこかの性悪の星に流される。三つ、太陽を選んだ者のみが、新生地球、新しいパラダイスの地球に生き残る。残る者は1／3。

貴方はどれ？………勝手に選べません。今、現在どんな生活をしているか、良い人か悪い人か、誠実な人か意地悪な人か、それで決まります。なぜか？　アオミサスロキシン、地球美人花は、貴方の中から生えて来るものだからです。「アッチ」、こっちから一番遠いコッチ（胸を押さえて）と、物見の蛙が教えています。それに日本の神々が勢揃いして、その日、この事を押し進めます。

詩朗読　6　アオミサスロキシン伝説

ミシシッピー川やアマゾン河と違って
時間を流している川が天上界にあって
人を白・赤・黒・黄の四つときめて

四支流をなして地上へと下っているものを
人類は久しい以前から「伝説」と名付けて
愛してきた。
その伝説の一つが急にここへきて
流れを変えた
われわれは愛する　それでも　それを
アマテラス、スサノオ、クニノトコタチみんな神
ひつじさる、かのととり、方位と年を示す
ひじょうに大きな節目が地球のよじり梯子に一つ
コブみたいに出ている
あれを踏み板がわりにテコみたいに使用して
これから人類がよじ登る

どこへって、天にきまってるさ
　うまく登れるかい？
コーカサスやヒマラヤ山脈にまで響かせて
ウツロという声が聞こえる
うまく登れるかって？　キミ
キミ次第さ、ボク次第さ、みんな次第さ
アオミサスロキシンの花がもし見えたら
みんな登るだろうなあ、その花を摘みたくて
詩人たちが目をこすって蛙に聞いている
　「お前には見えるのかい？　なぜ人に見えない？」って
さいげんもない繰り言みたいだ
目をカッと開け、前方を見よ、疑うな

キミらが立っている大地を雲と思って立ってみよ
立てるかい、そのときキミの目に見えるだろう
伝説の河を下って来るアオミサスロキシンの花の色が
白か青かきめかねている蛙より先に
ハッキリ見えるだろう
あるさわやかな朝を二つに割れば
リンゴ様(よう)のシンに伝説の花が咲いている
それがアオミサスロキシン未来花だ

［ナレーション］
詩の最後のところにこう書いてありましたね。「**あるさわやかな朝を二つに割れば、リンゴ様のシンに伝説の花が咲いている**」、それがアオミサスロキシン未来花だと。これが

何よりの証拠です。これは人体の真実です。リンゴを二つに割ってごらんなさい。これは人間の受精卵、（受精直後）三回目の細胞分裂をした時のまさにその姿です。上に口、下に肛門、中間のシンは消化器内臓、両方の白い身は肺です。呼吸をして、口で食べて消化して、下から出す。これで人は生きてる。これは生命卵です、生命の原型です。この生命卵が次々と数多くの細胞分裂を重ねて、その結果、60兆もの細胞をもつこの人体を構成します。アオミサスロキシンとは、まさにこの生命卵、生まれる前に人体に置かれている生命の原型。これが花開けば地球未来花、もし美しく花開けば、それが地球美人花。地球が花盛りとなります。

一人一人がこの生命卵を美しく花開けるか。これが勝負どころです。美しく開くには、美しく開こうとする意志、覚悟、そして何よりも地球を愛し、人を愛し、花も木も蛙も万物も美しくしようとする、環境を愛する心がその源（みなもと）、大切です。貴方の心が、あなたの生き方が、一人一人の愛の心が地球を創ります。美しくします、または壊（こわ）します。

いつから、どこから、その地球美人花は花を開くのでしょうか。それは詩の中に歌われていました。「ひつじさる、かのととり、方位と年を示す」と。１９８１年、西南の方角に、その発生の起源があると。そして「アマテラス、スサノオ、クニノトコタチみんな神」と、即ち日本の神々の助けで、それは（だから日本の国から）花開くのであると。

では、最後の詩を読んでみましょう。思いもよらぬ、地球の未来が、破天荒の未来の地球が私達を待っているかもしれませんよ。

詩朗読 7　黎明

死
これは数でかぞえてはいけない
三千とか　一億とか

蛙の学校では
算数授業をもうとうから止(や)めている
生徒は一つで何でも数えるよう
しつけられている
死についてもそうだ

＊　＊

戦争がすんで
語り草だけが宇宙のあちこち
惑星森や　空間と呼ぶ海に
生えている

金星きえた
地球光った
第二の太陽があるので
急に光度が倍々になっているので
人の肌てんてん粒子までが
ピカピカしている
女が男にするように
男が女に愛を告白しても
おかしくない　愛が挨拶になっている
蛙の子はつるつるの肌が消えて
帽子を被った紳士になって
道をゾロゾロ歩きしながら

文化や経済や法律の話をする
それがおかしなことに
みんな一つの言葉で通じ合う
〈愛〉なのだ
太陽がハッキリしすぎるほどハッキリ
空に印刷されている
「新しい地球」という看板を
ギョロ目の蛙が持ち歩いている
大人と子供の区別もなく
平均してチョコレート型の食事が
一粒づつ配布される
校長だった蛙と

用務員だった蛙が
仲よく足を組んで語り合っている
昔のことなど笑い草というお八つで
あちこちで売り出されている
これから観光シーズンで
船が星雲行きとか　惑星行きとかに
わかれて出る
ドラはすべてテレパシーだから世話はない
アオミサスロンの草が茂り
アオミサスロキシンの花が咲く
あれを待っていた時はクスクス笑いで
誰もが思い出さない

色が違っていた
無地と透明度をきそうから
七つとも、青とも、白ともいえる
光の結晶科学論になってしまう
ア——という言葉のほか
地球言語はもうない
黎明だけが昔と同じで
一日が一日とじゅずつなぎで
未来の方まで見える
世話をするとか、世話をかけるということが
もうない
赤ん坊はいるが、過去の記憶があるから

立って歩けるともう誰の手もかりない
三十億年前と同じ静かな地球が
でき上がってしまって
銀河系宇宙の中ではいちばんましな星
　になってしまっている

＊　＊

蛙がケロリン、ケロリンと、一度は鳴いた
その声を忘れない
フイルム逆転装置はある
それを回転させて

僕らは今を見ているのか
今を見ることはとても辛いことだが
もう一度見てからでないと
とてもアオミサスロキシンの花の美しさが
あちこちの宇宙惑星で
語り草で伝え歩きできないので
僕らはそれをするために「今」を見るために
今こうして地球惑星にいる

［ナレーション］

これが未来の地球です。何と平和で素朴で和気アイアイとしていることか。太陽がピカピカ、生き残った1／3の人が磨いたのですね。愛でゴシゴシ、愛でゴシゴシ磨いた

郵便はがき

料金受取人払郵便

鎌倉局
承　認
6063

差出有効期間
2024年2月
29日まで
（切手不要）

248-8790

神奈川県鎌倉市由比ガ浜 4-4-11

一般財団法人 山波言太郎総合文化財団

でくのぼう出版

読者カード係

読者アンケート

どうぞお声をお聞かせください（切手不要です）

書　名	お買い求めくださった本のタイトル
購入店	お買い求めくださった書店名
ご感想 ご要望	読後の感想 どうしてこの本を？ どんな本が読みたいですか？ 等々、何でもどうぞ!

ご注文もどうぞ（送料無料で、すぐに発送します） 裏面をご覧ください

ご注文もどうぞ

送料無料、代金後払いで、すぐにお送りします！

書　名	冊数

ふりがな	
お名前	
ご住所 （お届け先）	〒 郵便番号もお願いします
電話番号	ご記入がないと発送できません

〈 ご記入いただいた個人情報は厳重に管理し、
ご案内や商品の発送以外の目的で使用することはありません。 〉

今後、新刊などのご案内をお送りしてもいいですか？

はい・いりません

マルしてね!

ので、だから言葉は一つ。アー、愛の心がコトダマとなった一言（ひとこと）です。これで万事こと足りるというのは、以心伝心、愛が愛を知るからです。

　そうは言っても、食物はチョコレート型の一粒、これは貧しくない？　いいえ、珍味万味（ばんみ）の宝庫エキス結晶体です、それに栄養は万点、これは科学がひどく進化しているし るし。だから趣味は皆観光。惑星行きとか銀河行きの船（ＵＦＯ（ユーエフオー））が毎日出る。皆が豊（ゆたか）、それなのに格差はゼロ、元校長さんと元用務員さんが、足を組んで話してる。それに赤ん坊が、立って歩けるようになるともう誰の手も借りない、独立自尊が全人類の掟。それにそれに、蛙の子が皆紳士になって、文化や経済や法律の日常会話をする、ここでは誰でもが知識人エリート。それだけど、〈愛〉一つの言葉で通じ合う、物分かりの良さ。

　なぜこうなったのか。それは初めにデンと記してあった。蛙の学校ではもうとうから算数授業を止（や）めたと。人の死を一つ二つと数えない、一人の死は、すべての人の死、人類の死です。ここには地球ほどに重い命がある。戦争止めた。戦争はもうない。そうしたら、平和の他に、格差がない万民の豊かさと、異常なほど科学の進化が生まれた。

これは夢ではない、今、地球の現実ですよとこの詩は最後にこう結んでいる。なぜなら、タイムトンネルを通って、私達は今皆ポカリと、一度は壊れかけた過去の地球に来ているだけなのですよ、と言っている。

なぜなら銀河は広い。広い銀河にはまだ戦争している星、病んだ星、角突き合い悩める星が沢山ある。これらの星に行って、私達はこれから、愛一筋でホレ御覧、地球のようにこんな平和と独立と、豊かさと、異例の進化が得られるんですよと、自信と気力をもってお伝えして歩くために、タイムトンネルを通って今里帰りをしているところ、とこう言っています。

本当でしょうか？　もし本当なら、チョットの里帰りの後は、もう一度本当の未来の地球に帰れるのですから。もう大安心。そこでは明日と昨日が今日をメドに数珠つなぎになっているのだから、大船という永遠の舟に乗れます。

それって、みんなアオミサスロキシンの花が咲いたおかげです。人の生まれる前に皆にあった、たしかなしるしの生命卵。誰でもが地球未来花に成れる、体に貼り付けられた印。それってなーに？　もしかして、誰かの？………サムシング・グレート（神さま？）の斑点、足跡だったのかしら。

これでこの詩集は終わっています。物見の蛙のお話は終わり。結論は今言った通り、貴方お一人から、気張って自信をもって、地球美人花を貴方の中にお開き下さいませ。これで数珠つなぎに地球に、果てはこの銀河の涯までも、アオミサスロキシン未来花が生命の花を咲かせましょうぞ、ということです。

これが蛙の説法です。四億五〇〇〇万年目の二度目の蛙の説法、いかがでしょうか。私は単に召使の役目で蛙の声を取り次いだだけです。この後は皆様方が王様になって、蛙の声を判断し決断なさって下さい。ご自身とこの地球の未来のために。以上が警告詩集Ⅱ・アオミサスロキシンの概要でございます。ふつつかな朗読とお話、御清聴ありがとうございました。

「鳥の歌」が聞こえてくる。　（青木由有子のソロ）

アー　大空を
舞う鳥からは
愛と呼ぶ名の　希望という
まだ名のない明日が降りて来る
オー　それだから
私達の世界を創ろう

後記

なぜ、この抄本を作ったのか。福島県の郡山市と川内村で、10月に公演をするためです。ここではほぼ1時間半で、癒しのリラ自然音楽（青木由有子の歌唱、月読かぐやの舞）1時間と、「アオミサスロキシン」朗読は30分で終えねばならない。とすると、20篇の詩すべての朗読はできない。詩はセレクトして朗読し、しかも詩集全体のもつ意味を伝えるにはどうしたらよいか。こうして、私は詩7編を選び、これに必要なナレーションをつけて朗読することにした。

7編で詩集の全貌を伝えることは至難だが、ある意味で直截にナレーションで語ることで、あるいは具体的に詩集の骨の部分を伝えることになったかもしれない。但し、詩集にはデリケートな陰微な部分が沢山あるので、できたら全詩の朗読書と、親子併せて使用して下さるなら、一層よくこの警告詩集のもつ意味が浮き上がってくるものと考えている。

それにしても、なぜ郡山市と川内村で公演を？　もちろん東日本大震災の被災者の人々への慰問、土地への癒し、それには私達のリラ自然音楽とリラヴォイス朗読が、現実に癒しの効果があるからお役に立ちたい、その気持ちからです。しかしもう一つ、詩集「アオミサスロキシン」を、ここで朗読したい。なぜなら、福島県から、就中、川内村から日本再興のクサビが打ち込まれ、ひいては世界の新生、呱呱の声がここから発し始めるのではないか。日本を起点とした地球の新しい歴史の始まり、それをひそかに期待したのです。

たいそれた思いです。分かっております。ユメは不可能と人が言うことに挑戦すること、この他にユメはなく、ユメの実現もあり得ない。これは宮沢賢治に学んだことです。

川内村には草野心平があり、蛙の詩を書きつづけました。蛙は地球の物見役、先導役。この心平さんが宮沢賢治を世に出しました。賢治は「銀河鉄道の夜」を書きましたが、銀河列車は今現実に銀河の宇宙空間を走り始めています。このとき、「アオミサスロキシン」これが予言詩であるならば、真摯に朗読すれば、そこに書いてある通りのことが、即ち地球未来の夢のような平和な世界が、現実に地球の物理的空間に日の目を見て、顔を出してくるかもしれません。何もせぬより、ユメにいのちをかけるのも一生です。それが世に役立つユメならば。一つの一生に、一つのユメ、いいではありませんか。

二〇一二年八月一八日

桑原 啓善
（ペンネーム 山波言太郎）

2012年10月 福島公演

リラ自然音楽コンサート

朗読「警告詩集Ⅱ アオミサスロキシン」抄

2012.10.12　郡山市公演

（大成地域公民館）

満員となった会場

座席が足りず立ち見も出た

2012.10.13　いわき市公演

（いわき市立 草野心平記念文学館）

編注　10月13日の公演は、当初 川内村の予定でしたが、天皇皇后両陛下の川内村ご訪問と重なった為、急遽 草野心平ゆかりの記念館に変更された。